Dario GANDOY

Poussières

Éditions Baudelaire

envois de manuscrits :
Éditions Baudelaire — 11, cours Vitton — 69452 Lyon Cedex 06

À Nathalie…

BONHEUR

Une étoile filant vers mon Cœur
Mon Cœur brillant de bonheur
Un bonheur qui défie le temps
Le temps qui n'est plus important
L'important c'est la vie
La vie d'un enfant qui sourit
Le sourire de l'amour
Un amour fort et sans retour
Un retour aux sources de l'histoire
Une histoire née dans le noir
Le noir de tes yeux sans voile
Le voile d'une nuit pleine d'étoiles
Ces étoiles filant vers mon Cœur
Mon Cœur brillant de bonheur.

UNE COLOMBE

Si j'étais une colombe
Je volerais plus vite que les bombes
J'irais me poser sur les épaules du monde
Pour lui raconter les choses immondes
Que mes ailes ont frôlées
Que mes ailes ont touchées
Je lui montrerais les taches de sang
Je lui ferais voir la mort des enfants
Les cicatrices des écorchés, des innocents
Les larmes que n'efface même plus le temps…

Si j'étais une colombe…

Mais voilà, je ne suis pas une colombe
Je ne suis pas plus rapide que les bombes
Il n'y a plus d'épaules pour soutenir le monde
Plus personne pour écouter ces choses immondes
Mes ailes sont cassées
Mes ailes sont déchirées
Mon corps est couvert de sang
Tous ces morts, ce sont mes enfants
Tous ces écorchés, tous ces innocents
Ces larmes qui ne coulent plus, avec le temps…

Et pourtant, j'ai envie de croire
Qu'un jour viendra cette colombe de l'espoir
Que les bombes se changeront en fleurs
Qu'elle pourra se poser dans nos cœurs
Que ses ailes nous frôleront
Que ses ailes nous protégeront
Que ses plumes laveront le sang
Qu'elle fera revenir tous les enfants
Qu'elle soignera les écorchés, les innocents
Qu'il n'y aura plus de larmes, plus de temps…

Qu'il ne restera plus que les ailes de l'amour
Et elles s'envoleront loin, pour toujours…

IL SUFFIT DE REGARDER...

Il suffit de regarder à l'aube, le soleil
Un monde magique qui se réveille

Il suffit d'écouter d'abord le silence
Et puis le vent qui doucement s'élance

Il suffit d'écouter encore un peu mieux
Le chant des oiseaux, si beau, si joyeux

Il suffit d'inspirer, de respirer les odeurs
Les laisser nous nettoyer à l'intérieur

Il suffit de toucher les feuilles, les fleurs
De caresser les arbres avec douceur

Il suffit de les étreindre, de les embrasser
Pour sentir les énergies nous traverser

Il suffit de croiser le regard d'un animal
Nous partageons le même espace vital

Il suffit d'ouvrir les yeux pour voir
Pour comprendre quel est notre devoir

Il suffit de protéger, de préserver la beauté
D'un monde où nous ne sommes que des invités

Il suffit de se réveiller, de comprendre une bonne fois
Que si la nature meurt, nos enfants ne survivront pas...

LA NEIGE

Il a neigé sur mon Cœur, ce jour-là
Mon âme s'est figée pour la première fois
Mon sang ne coulait plus, il était glacé
Les battements de mon Cœur se sont arrêtés

J'ai pris mon Cœur dans mes mains
Je l'ai rangé pour un autre lendemain
Peut-être qu'un jour il revivra à nouveau
J'en ferai alors un joli petit paquet cadeau

Je le donnerai à quelqu'un qui aime le froid
Et mon âme renaîtra pour la dernière fois
La chaleur reviendra et la glace se brisera
Mon Cœur… non, mon Cœur ne rebattra pas

Il restera dans une boîte, à tout jamais
Personne ne l'ouvrira, je te le promets
La neige qui le couvre ne fondra pas
Elle le maintient pour qu'il pense à toi

LA RIVIÈRE

La Vie est une rivière
La Mort est un fleuve
L'Après est un océan…

La rivière se jette dans le fleuve qui se fond dans l'océan
L'océan forme le fleuve qui donne naissance à la rivière…

La rivière nourrit la terre
La terre nous donne la vie

La vie est une rivière…

LA VIE C'EST DU VENT

Le vent nous emmène là où il veut
La vie nous emmène là où elle peut

Elle nous pousse, elle nous tire, elle nous écrase
Elle nous chavire, elle nous jette, elle nous brise

Le vent nous emmène là où il va
La vie nous emmène vers le froid

Elle nous ment, elle nous frappe, elle nous bat
Elle nous vend, elle nous crache, elle nous noie

Le vent nous emmène vers l'espoir
La vie nous emmène dans le noir

Elle nous aveugle, elle nous crie, elle nous pollue
Elle nous prend, elle nous cache, elle nous tue

Mais le vent nous emmène en voyage
Et la vie, enfin, nous emmène au large
Elle nous embrasse, elle nous sourit, elle nous donne
Elle nous aime, elle nous chuchote, elle nous pardonne

Et le vent nous emmène vers la vie
Et la vie nous emmène dans le vent, vers l'infini…

LARMES…

La vie est une larme qui coule sur ta joue
Je la cueille avec ma langue et je l'avale
Elle arrive jusqu'à mon Cœur qui se noue
Elle se blottit dans un coin et elle s'installe
Je la laisse, je la nourris, elle me dénoue
Elle grandit, elle m'M. en lettre capitale
Elle rythme mon amour, elle se dévoue
Elle nettoie toutes mes pensées sales
Elle court dans mes veines, elle est partout
Elle traverse mon corps comme une balle
Elle s'empare amoureusement de tout
Son fluide magique et profond s'étale
Et je n'existe plus, tout devient flou
Je deviens liquide, de l'eau sur une étoile…

Je suis cette larme qui coule sur ta joue
Tu la cueilles avec ta langue et tu l'avales
Je glisse dans ton Cœur et je deviens nous…

JE T'AIME EN LETTRES CAPITALES…

LES DIEUX

Il existe un endroit oublié
Une île lointaine bien cachée
Un espace d'une profonde vérité
D'une insaisissable beauté…

C'est la somme de tous les pouvoirs
Le chemin pour effacer l'Histoire
La seule chose en quoi il faut croire
La lumière brillante de l'Espoir…

Cet endroit a toujours été là
Proche et si loin à la fois
Cet univers c'est toi, c'est moi
C'est nous, nous sommes les Rois

Notre vie est à nous
L'Univers c'est nous
Le destin c'est nous
Les Dieux c'est nous

Nous SOMMES le TOUT…

LE SECRET

La lune m’a confié un secret
Je l’ai gardé tellement longtemps…
Une nuit pourtant, pendant que tu dormais
Je te l’ai soufflé, tendrement
Tu as cru que c’était un rêve
C’était le seul chemin pour qu’il entre,
Qu’il cherche, qu’il se pose, qu’il vive
Ce secret que j’ai soufflé dans ton ventre.

OUVRIR

Ouvrir et fermer les yeux
De l'obscurité à la lumière
Oublier les armes et le feu
Effacer et brûler les enfers

Regarder dans nos cœurs
Trouver la vérité, le chemin
Éliminer à jamais la peur
Marcher main dans la main

Ouvrir notre corps en deux
Nous sommes tous frères
Partager tous nos vœux
Inventer une nouvelle terre

Il est temps de se lever
Unir toutes nos énergies
Il est temps de se libérer
Commencer une nouvelle vie

Ouvrir nos âmes au bonheur
Suivre les enfants bleus
Voler vers d'autres couleurs
Nous sommes les vrais dieux

PAROLES

Les paroles sont des armes qui volent
Elles visent sans se tromper, avec méprise
Elles médisent sans pitié, elles détruisent
Des symboles acides parfumés au vitriol

Des mots qui blessent, qui tuent parfois
Qui laissent des cicatrices dans le Cœur
Et des larmes dans les yeux du bonheur
Des maux qui durent, qui ne meurent pas

Quelques phrases qui marquent une vie
Qui changent le destin d'un être humain
Qui apportent l'obscurité aux lendemains
Et laissent la mort dans l'âme du maudit

Toutes ces lettres assemblées au hasard
Se jettent comme une gifle sur un visage
Pour cracher sans pitié toutes ses rages
Achever sans égards les pardons du regard

Voilà pourquoi je ne parle plus à personne
Me taire c'est mon arme pour mieux t'aimer, toi
Tout ce que je ne te dis pas ne te blessera pas
Écoute ce silence, c'est pour toi qu'il résonne…

POUSSIÈRE

Un grain de poussière dans l'univers
L'univers entier dans notre corps
Notre corps vivant de lumière
Une lumière qui naît dans la mort
La mort qui n'est qu'une naissance
Une naissance sans fin, éternelle
Une éternelle envie qui pense
Qui pense que la vie est belle
Belle comme un voyage dans l'infini
L'infini qui se rejoint dans un rêve
Un rêve qui marche dans la nuit
La nuit qui éclaire le jour qui se lève
Qui se lève pour accueillir l'enfant
L'enfant dans l'univers de ton corps
Ton corps beau, naturel et nourrissant
Nourrissant cette petite poussière d'or.

LA LEÇON

C'est beau la mer la nuit quand les vagues s'en vont
Qu'une étoile qui luit allume les murmures d'un son
Il étouffe les bruits, ouvre d'autres dimensions
Un voyage dans un puits, une traversée sans fond

C'est beau une mère qui sourit quand les larmes s'en vont
Qu'un être qui crie rallume l'âme de la maison
Il ramène l'envie, ouvre d'autres sensations
Un voyage vers la vie, une nouvelle variation

C'est beau la terre qui brille quand les hommes s'en vont
Les étoiles qui sourient quand il n'y a plus de cons
Elles étouffent les cris, elles reviennent à la raison
Le voyage s'arrête ici, la nature a donné sa leçon…

NON-NAISSANCE

J'écoute, j'écoute et je n'entends que des cris
Les cris des enfants qui n'ont plus de pays

J'écoute, j'écoute et je n'entends que la guerre
Et puis le silence qui se pose sur les cimetières

J'écoute, j'écoute et je n'entends que les discours noirs
Des hommes qui ne cherchent que l'argent et le pouvoir

J'écoute, j'écoute et je n'ai plus envie d'entendre
Je suis si bien, ici, dans ton ventre à attendre

J'écoute, j'écoute maman et j'entends ta voix
Je ne sortirai pas, je ne veux pas de ce monde-là.

DÉCOUVERTE

Ils sont arrivés par-delà l'horizon
Trois beaux navires, trois galions
Ils sont repartis au soleil levant
Dans les bagages un nouveau continent

Ils sont revenus, des bateaux plein l'horizon
Dans leurs bagages une certaine civilisation
Ils avaient découvert un certain paradis
Ils n'ont rien compris, ils ont tout détruit

Il y a cinq cents ans, par-delà l'horizon
Sont arrivées la mort et la désolation
Ils ont pris le large au soleil couchant
Laissant derrière eux une traînée de sang…

UN COUPLE

Quelque part dans le temps… ils s'aiment
Un amour tendre et puissant… ils s'aiment
Depuis qu'ils sont enfants… ils s'aiment
Passion plus forte que le temps… ils s'aiment
Violemment, sexuellement… ils s'aiment
Le fruit de cet amour, un enfant… ils s'aiment
Alors, tout doucement… ils s'aiment
Il finit par gagner, le temps… ils s'aiment
La passion devient habitude, lentement… ils se parlent
L'habitude devient lassitude brusquement… ils se taisent
Le lit… un souvenir dégradant… ils s'éloignent
Arrive le doute, omniprésent… elle l'observe
Il est souvent absent… elle s'interroge
Arrive l'obsession maintenant… elle pense
Soupçons, angoisses, tout est déprimant… elle craque
Il est tard, il rentre en chantant… elle pleure
Il s'endort en l'ignorant… elle se lève
Elle prend une arme en tremblant… elle tire
Il n'a plus de tête, du sang… il expire
Elle tombe à genoux en criant… elle ouvre la bouche
Elle appuie lentement… son visage s'éparpille

Quelque part dans le temps… ils s'aimaient
Un amour tendre et puissant… ils s'aimaient
Aujourd'hui, il reste cet enfant… il se tait
Il était là, il a vu, impuissant… il n'oubliera jamais
Mais il sait qu'au début pourtant… ils s'aimaient.

RÉALITÉ FICTION

Première image, gros plan sur elle
Son visage, ses yeux… elle est belle

Travelling arrière, rue déserte, silence
Au loin, la sirène d'une ambulance

Nuit noire, elle a froid, il pleut
Une bouche d'égout, fumée bleue

Plan d'ensemble, il n'y a pas d'issue
Reflets de solitude, et la pluie continue

On revient sur son visage, elle pleure
Les larmes de l'angoisse, elle a peur

Soudain, des pas résonnent sur les pavés
La caméra cherche une ombre dans la fumée

Il est là, debout, plan fixe sur son regard
Zoom arrière, elle est pétrifiée, trop tard

L'image voyage de l'un à l'autre, plan sublime
L'œil de la victime et le regard du crime

La lame étincelle, séquence au ralenti
Coupure, écran noir, son… juste un cri

Zoom avant sur la gorge tranchée
Des pas se perdent dans la fumée

Coupez ! Excellent, on la garde celle-là !
Mais la belle fille égorgée ne se relève pas…

SOURIRES

J'ai perdu mon sourire
Et il n'y a rien de pire
L'âge m'a rendu plus sérieux
Et surtout plus malheureux
Les années ont creusé mon visage
Il se ride quand on passe les pages
L'être humain m'a déshumanisé
Ils ont réussi à me dégoûter
À force d'essayer de les comprendre
Je n'ai eu que des envies de me pendre
J'ai pourtant essayé de partager, d'aimer
Personne n'a jamais voulu écouter
La société a détruit mon innocence
Elle ne m'a laissé aucune chance
Mon regard était autrefois brillant
Il est aujourd'hui inconsistant
Je regardais l'avenir dans les yeux
Je vois le présent et il est odieux

J'ai perdu mon sourire
Et j'ai mal à en mourir
Je veux maintenant arrêter de pleurer
L'Homme est trop con pour le mériter
Mes larmes sont trop pures pour lui
Je les garde pour moi, aujourd'hui
Je pars sans regrets de ce monde
Retrouver quelque part le sourire de la Joconde…

LE JARDIN

Au cœur de mon âme il y a un petit jardin
Je viens d'y planter quelques graines à la main
Le temps et l'amour vont les faire pousser
Les larmes que je vais y verser vont les aider,
Vont les arroser pour leur donner la vie
Je leur parlerai pour leur souffler l'envie
Et les petites pousses chercheront le ciel
Dans mon cœur, elles trouveront le soleil
Pour devenir fleurs en moi, à l'intérieur
Pour déverser le délicat parfum du bonheur
Et quand au petit matin apparaîtra la rosée
Je la cueillerai délicatement pour te la donner.

TRISTESSE

La tristesse est une muse traîtresse
Elle laisse un goût amer dans les mots
Une traînée de phrases qui blessent
Un chemin de larmes creusé dans le dos

Des regrets qui reviennent sans cesse
Nous murmurer, nous torturer sans repos
Nous raconter les erreurs et les faiblesses
Nous passer sur le Cœur la lame d'un couteau

Vivre dans l'ombre de cette maîtresse
Caché dans les abîmes d'un endroit clos
Rongé par les vapeurs de la détresse
Attendant l'inspiration dans le stylo

C'est un mensonge sublime, une ivresse
Une sensation trompeuse de voyager là-haut
Un immense nuage blanc qui nous caresse
Et nous souffle un monde où tout est faux

Se réveiller et briser les murs de cette pièce
La liberté dans les cicatrices de notre peau
Écrire sans être maudit, sans cette fausse déesse
Trouver dans le bonheur la profondeur du beau…

SOLITUDES

La similitude des attitudes
Dans un monde de multitudes

Les habitudes répétées
Dans une routine déséquilibrée

Les identités identiques
Mises en abîme concentrique

Un univers de décrépitude
Dans les étoiles de l'ingratitude

Les différences rejetées
Les victoires des préjugés

L'ignorance des politiques
L'intolérance historique

Les mensonges bibliques
L'unité d'une flamme satanique

Une vie rêvée dans un cauchemar
Dans le vide d'un regard

Les rayons du cercle se referment
Et l'homme dans son ego s'enferme

Chaque jour est une répétition
Une machine faite d'illusions

Des gestes mécaniques
Dans une chambre métallique

Des nuages en plastique
Dans un ciel informatique

Maintenir la lumière dans le noir
C'est la force du pouvoir

Et le temps qui passe
Gagne sur l'espoir qui se lasse

Et la mort vient libérer
Les milliards de prisonniers

Pour les emmener et recommencer
Une nouvelle routine désespérée…

RACINES

Racines profondes dans ma tête
Palpitant au rythme de mon sang
Crèvent un abcès arrosé par le temps
Enfoui dans une terrible cachette
Il est des souvenirs qu'il faut oublier
Des cicatrices que l'on doit fermer
Des images qu'il ne faut plus imaginer
Parce que mon cœur est déjà déchiré
Je veux que l'appel de cette voix s'arrête
Que le mal ne soit plus si dur et si troublant
Que mes pensées contrôlent mes sentiments
Que la peur ne soit pas le reflet de ma défaite
Dans mon cerveau, mes mains sont enfoncées
Mais il est des tumeurs qu'on ne peut extirper
Des rongeurs de vie qu'on ne peut arracher
Des douleurs sans limites qu'on ne peut soulager

Les graines poussent là où on les jette
Il y en a qu'il ne faut pas arroser abondamment
À qui il ne faut jamais parler tendrement
Trop grandes, un jour, ce sont elles qui nous rejettent…

ILS S'EN VONT

Il y a des vies qui s'en vont
Sans avoir eu le temps de vivre
Les souvenirs doucement se défont
Les pensées ne veulent pas survivre

Il y a des yeux qui se ferment
Sans avoir eu le temps de voir
Il ne reste plus que les larmes
Qui coulent sur nos désespoirs

Il y a des cœurs qui se voilent
Sans avoir eu le temps de battre
Les mystères peut-être se dévoilent
Mais la force n'a plus envie de combattre

Il y a des corps qui n'existent plus
Sans avoir eu le temps d'exister
Les images d'une histoire perdue
Sur une conscience qui se laisse aller

Il y a des âmes qui s'envolent
Sans avoir eu le temps d'aimer
Et les ailes vont suivre les étoiles
Pour que la lumière puisse briller…

Il y a des vies qui restent
Il y a des yeux qui pleurent
Il y a des cœurs qui se voilent
Il y a des corps qui existent encore

Il y a des âmes qui s'aiment
Et qui se consolent…

LE FEU

La lumière dans le feu d'un regard
Allume dans mes yeux un vieux phare
Le reflet d'une image dans un miroir
Me renvoie mon âge et mon histoire

La jeunesse d'une éternelle insouciance
Ravive en moi une cruelle réminiscence
Des souvenirs oubliés dans la distance
Des envies cachées d'une autre existence

Ce sourire qui renverse tous les préjugés
Cette rafale qui déverse en moi sa beauté
Me fait regretter que le temps soit sans pitié
Que les étés et les printemps soient passés

Peut-être que mes sentiments restent jeunes
Que mon cœur et mon sang te comprennent
Mais ma vie est déjà loin derrière moi
Mon amour ne peut pas être là pour toi

Envole-toi vers ton avenir comme un oiseau
Va et laisse-moi mourir dans mon tombeau
Cette fleur dans mon âme ne s'éteindra pas
La chaleur de ta flamme à jamais m'accompagnera…

BRUITS

Tous ces bruits de violence
Laissent place au silence
Quand on tue l'enfance
Quand on tue l'innocence

Nous, observateurs à distance
Coupables de non-assistance
Dans nos vies pas d'interférences
Rien que le regard de l'indifférence

Là-bas, ils cherchent une délivrance
Le dernier souffle de la souffrance
Une torture terminale à l'existence
Même pas le temps pour une romance
Et pourtant les cœurs sont immenses
Et tous ces petits pieds qui dansent
Sur les marches de l'impuissance
Sont cloués par l'injustice des lances

Et nous leur construisons des potences
Les yeux cachés dans notre ignorance

Mais tout va bien, tout ça n'a pas d'importance
La vie continue même si ça n'a plus aucun sens

Et la mort couvre le silence
Et le vide couvre les absences

Chut… Écouter le silence

Réminiscences d'une histoire qui recommence…

AVEUGLES

Naître dans l'obscurité d'un oubli
Pour vivre dans l'oubli de l'obscurité
Des yeux qui resteront toujours fermés
Prisonniers de la profondeur de la nuit

Entendre sans pouvoir comprendre
Imaginer ce qui, peut-être, n'existe pas
Un vide étrange, une absence de soi
Perdu dans le noir sans rien apprendre

La solitude d'un monde sans images
Isolé sur une île habitée par des bruits
Passager nocturne de la vallée des cris
Aucune lumière pour montrer le passage

Mourir enfin dans l'obscurité d'un oubli
Pour oublier une vie sans aucune clarté
Des yeux qui s'ouvrent vers l'éternité
Libres voyageurs aux couleurs de l'infini…

ET POURTANT

Qu'il est difficile de rire aujourd'hui
Quand les rivières ne charrient que du sang
Quand les enfants tuent d'autres enfants
Quand la mort a pris la place de la vie

Qu'il est difficile d'aimer aujourd'hui
Quand les baisers se donnent avec les poings
Quand la justice aveugle compte les points
Quand la solitude est fiancée avec l'oubli

Qu'il est difficile de partager aujourd'hui
Quand le mensonge s'est déguisé en vérité
Quand même les tempêtes sont manipulées
Quand ceux qui veulent donner sont punis

Qu'il est difficile de regarder aujourd'hui
Quand il y a tant de cadavres sur les trottoirs
Quand on montre tout mais on ne veut rien voir
Quand la pluie, les rivières et les fleurs sont pourries

Qu'il est difficile de mourir aujourd'hui
Quand les cimetières sont des pays entiers
Quand il n'y a plus personne pour creuser
Quand il faut payer pour une place au paradis

Et pourtant…

Aujourd'hui j'ai envie de rire
Parce que j'ai partagé mon sang
Je l'ai donné à mes enfants
Pour qu'ils aient envie de vivre

Aujourd'hui j'ai envie d'aimer
De poser des milliers de baisers
Pour que la justice soit libérée
Pour être fiancé au monde entier

Aujourd'hui j'ai envie de partager
Pour que la vérité puisse exister
Que les tempêtes se soient envolées
Qu'on puisse donner pour donner

Aujourd'hui j'ai envie de regarder
Que les trottoirs soient tous nettoyés
Qu'il n'y ait plus rien de mal à montrer
Que la nature redevienne notre amie

Aujourd'hui je n'ai plus envie de mourir
Les cimetières ne sont plus que des souvenirs
Sur les tombes poussent les fleurs de la vie
Et le paradis c'est maintenant et c'est ici…

PATIENCE

La patience de l'eau sur le flanc des montagnes
L'érosion du temps sur les pierres du passé
La sagesse des arbres qu'on oublie d'écouter
Ces messages évidents qui nous accompagnent
Sont des fenêtres qui s'ouvrent vers la raison
Vers une nouvelle dimension dans nos cœurs
Il y a une fleur endormie, cachée à l'intérieur
Qui ne demande qu'à trouver la bonne saison
Pour éclore enfin et s'épanouir vers la lumière
Pour nous montrer le chemin vers la vérité
Il n'y a rien d'autre que l'amour et la beauté
Dans la présence intemporelle de notre terre

Ne jamais oublier que nos vies sont connectées
Que les océans bercent les vagues de nos âmes
Que la lune allume le feu sacré de nos flammes
Que l'univers nous accepte dans l'immortalité…

DEMAIN

Peut-être que demain tu reviendras
Et notre histoire pourra continuer
Le temps effacera les traces de pas
Qui ont sali les fleurs de notre allée

Peut-être que demain tu reviendras
Et ton cœur blessé aura tout oublié
Les larmes auront nettoyé les draps
Trompés par les mensonges crachés

Peut-être que demain tu reviendras
Et nos regards essayeront de se croiser
Comme s'il n'y avait pas eu tout ça
Quand nos sourires disaient la vérité

Peut-être que demain tu reviendras
Et nos corps chercheront à se retrouver
Comme quand il n'y avait que toi
Comme quand je savais encore aimer

Peut-être que demain tu reviendras
Et nos mains pourront se resserrer
Sentir ton souffle tout près de moi
Pouvoir recommencer à respirer

Peut-être qu'un jour sera ce demain
Aujourd'hui notre histoire s'est arrêtée
Tu es partie sans un bruit, ce matin
Et tu as pris les fleurs de notre allée…

ENCRE

Extraire la mémoire
À l'intérieur d'une pierre
Chercher l'histoire
Et parvenir à la poussière
Écouter les légendes
Pour percer les mystères
Que les mains demandent
Les secrets de la terre

Alors la lune se jette
Doucement dans l'océan
Et les vagues se reflètent
Dans le cadeau du temps
Des larmes de pluie
Caressent lentement
La douceur de la nuit
Qui pleure tendrement

Un présent pour raconter
Les romans des amants
Un liquide pour tracer
Le chemin dans le vent
Pour dessiner le bonheur
Sur les murs de l'espoir
Pour puiser dans mon cœur
L'amour que j'écris ce soir

SUFFIRE

L'amour parfois n'est pas suffisant
Les sentiments emportés par le vent
Disparaissent sans laisser de traces
Laissant dans les cœurs de la glace
Rien ne peut soigner les blessures
À l'intérieur, on ne les voit pas
Les plus serrés points de suture
Ne retiendront jamais les éclats
La douleur reste, le bonheur s'en va
La tendresse ne sert plus à rien
Rien n'existe, rien n'est vraiment là
Une autre histoire sans lendemain

L'amour parfois n'est pas suffisant
Même si cet amour est le plus grand
Il ne suffit pas d'aimer profondément
Il faut être aussi plus fort que le temps…

CONTRE LE MUR

Pour être né dans un pays
Où respirer est interdit

Contre le mur…

Pour être un enfant
Dans la cour des grands

Contre le mur…

Pour avoir osé être femme
Et verser des larmes

Contre le mur…

Pour avoir défié le pouvoir
Et ouvert les yeux pour voir

Contre le mur…

Pour avoir écrit et pensé
Autre chose que ce qu'on a dicté

Contre le mur…

Pour avoir fait l'amour
En criant, en plein jour

Contre le mur…

Pour avoir parlé de la vérité
Là où elle est brûlée et censurée

Contre le mur…

Pour avoir dénoncé les mensonges
Qui détruisent le monde qui le ronge

Contre le mur…

Pour ne pas croire en ces dieux
Qui acceptent qu'on meure pour eux

Contre le mur…

Pour avoir refusé l'argent
Comme maître de notre temps

Contre le mur…

Pour avoir simplement essayé de vivre
Avec le cœur dans un monde libre

Contre le mur…
Présentez armes… En joue ! Feu !

ÉCRIRE

Il y a longtemps que je ne t'écris pas
Peut-être que je n'en ai plus besoin
Parce que tu es toujours près de moi
Même si ton souvenir est déjà si loin

Si loin que mon cœur ne saigne plus
Que mes yeux regardent vers demain
Que je perçois quelque part un début
Une route bordée de fleurs, un chemin

Une ligne tracée par un nouveau destin
Au bout, il y a une vallée pleine d'espoirs
Qui me regardent et me tendent la main
Il n'y a pas de fin, il n'y a qu'une histoire

Elle s'écrit à l'encre de mes pensées
Je vais me la raconter et elle existera
Et mon âme n'y sera jamais blessée
Parce que tout simplement j'y crois

J'y crois et c'est pour ça que je t'écris
Parce que j'ai encore besoin de toi
Parce que je veux que tu reviennes ici
À côté, dedans, profondément en moi

Parce que ton souvenir n'est jamais parti
Parce que tout est vide sans ta présence
Parce que je t'aime plus que ma vie
Parce que je ne supporte plus ton absence

REGARDE

Regarde tous ces enfants par terre
Ils sont morts, ils ne font pas semblant
Écrasés par les bottes des militaires
Qui marchent sur les taches de sang

Le monde est une descente aux enfers
Où le destin n'est jamais innocent
S'il dessine le sourire de la guerre
Sur le visage glacé des agonisants

La mort choisit ceux qu'elle enterre
Elle a tous les droits sur les vivants
Quand elle veut, elle éteint la lumière
Les petits payent les additions des grands

Il n'y a pas de pitié, plus aucune prière
Tant que règne le pouvoir de l'argent
La loi du plus riche est celle qui gère
La voix des armes est celle qu'on entend

Elle crache sur les corps de nos frères
Et il n'y a pas de rois, pas de présidents
Pour arrêter l'avènement de la misère
Celui qui se lève est celui qu'on descend

Regarde tous ces cadavres pleins de poussière
Ils brûlent et les preuves s'envolent avec le temps
Pour que l'histoire oublie vite les crimes d'hier
Au nom d'un pays, d'un dieu, d'un dément

Il faut creuser pour que le liquide se libère
Et les puissants deviennent tout-puissants
Et les libertés sont arrêtées aux frontières
Par la démocratie d'un monde indifférent

Regarde ces petites mains qui jettent des pierres
Regarde ces missiles qui tuent même le vent
Regarde maintenant tous ces enfants par terre
Regarde bien, ils sont morts, ils ne font pas semblant…

SOUS UN ARBRE

Sous un arbre, je pense
Que c'est beau la vie
Les fleurs qui dansent
Sous un soleil qui brille

Je pense que tout est là
Inscrit dans le vent
Dans le silence qui s'en va
Dans les bourdonnements

Je pense que tout est beau
Quand on sait regarder
La sagesse infinie de l'eau
Dans une larme de rosée

Je pense qu'il est trop tard
Et que je n'ai pas compris
Un cœur c'est là pour voir
Et pas pour être pourri

Sous un arbre, je suis couché
Doucement mes yeux se ferment
La blessure n'arrête pas de saigner
Mon souffle arrive à son terme…

Que c'était beau de danser la vie…

DÉJÀ MORT

Je suis déjà mort
La fin du chemin
Relâcher ma main
Un dernier effort
Supplie de tenir
Accroché au fil
Mais c'est difficile
Sans aucun avenir

Rêver de plus rien
Le monde est vide
Goûter l'acide
Qui ronge le bien
Pleurer l'océan
Sécher le désert
Vents de misère
Souffle le néant

Écoute mon Cœur
Laisse-moi partir
J'ai ton sourire
Pour chasser la peur
Un autre univers
Est là, devant moi
Plus aucune loi
Une autre lumière

Je suis déjà mort
Un nouveau destin
Accroche ma main
Encore plus fort
Ne me pleure pas
Je suis libéré
Pour l'éternité
Tu me manqueras…

REQUIEM

Do
Une balle dans le dos

Ré
Les yeux pour pleurer

Mi
Je ne voulais pas être soumis

Fa
Et le monde me griffa

Sol
Je crève seul sur le sol

La
La grande dame est là

Si
Elle m'emmène loin d'ici

Do
Et toi, tu me tournes le dos…

L'ENFER

L'enfer c'est ici, sur terre
Dans le froid d'un regard
Qui nous juge sans savoir
Dans le cœur d'une guerre
Qui marque les frontières
Pour faire de la liberté
Un oiseau enfermé
Sans ailes, sans air

Les pays ne sont rien
Camps de la mort géants
Pour prisonniers ignorants
Qui pensent que tout va bien
En avalant des images
Des tubes hypnotiques
D'un réseau informatique
Qui crachent des mensonges

Et les moutons vont travailler
Dans l'illusion d'une réussite
Dans la réalité d'une fuite
Une course vers l'inutilité
Et l'alcool noie les souvenirs
Il n'y a plus de volonté
Là où tout est contrôlé
Le passé, le présent, l'avenir

Les enfants sont en cage
À répéter des leçons
Sans raison, sans fond
Ils doivent être sages
Ne jamais sortir des rangs
Avoir peur des punitions
Ne pas avoir d'opinion
Pour pouvoir être grands

Mais le paradis c'est aussi ici
Oublions les frontières, les pays
Laissons voler les oiseaux
Vers un ciel plus beau
Récupérons nos vies
Relâchons ce qui est enfoui
Suivons les enfants bleus
Ils connaissent la vérité
Il suffit de les accompagner
De les regarder dans les yeux…

UNE ARME

Une arme semble dérisoire
Contre la force de l'histoire
Contre l'argent et le pouvoir
Contre la mort et le désespoir

Il faut pourtant l'utiliser
Sous peine d'être éliminés
Sous peine d'être écrasés
Sous peine d'être oubliés

Cette arme c'est l'amour
L'amour profond, sans détour
Celui d'un siècle, celui d'un jour
L'amour sans rien en retour

L'amour désintéressé
Offert sans rien demander
L'amour partagé
Ou simplement pensé

L'amour est plus fort que tout
Plus fort que tous ces fous
Qui poussent la vie à bout
Qui nous mangent comme des loups

Une balle de cet amour suffit
Tirée en plein cœur de la vie
Pour réveiller les plus endormis
Pour que le mal soit détruit

L'amour pour tout et pour tous
Que nos pensées soient douces
Que la fleur dans notre âme pousse
Et explose dans ce monde qui tousse

L'amour et rien d'autre
Le mien, le tien, le nôtre
Ils ne peuvent rien contre ça
C'est tout-puissant, tu verras

Fermons tous les yeux
Et pensons en amoureux
Faisons tous le même vœu
Et soyons enfin heureux…

NUAGES

Je suis assis sur un nuage
À contempler les images
De ces animaux en cages
Qui déversent de la rage
Des grimaces de sauvages
Cicatrices sur les visages

Des moutons qui courent
Perdus dans cette cour
Entassés dans ces tours
Pas de nuits, plus de jours
Ils cherchent un amour
Mais les cœurs sont sourds

Ils ne s'arrêtent jamais
La fin est déjà si près
La mort va tirer un trait
Rayer tous ces distraits
Tout est faux, tout est vrai
Pas de passages secrets

Pas de monde meilleur
Pas de liberté ailleurs
Le ciel n'est pas le bonheur
Il est caché à l'intérieur
Écrasé par nos peurs
Il ne voit pas la lueur

Se laisser mourir
S'arrêter de courir
S'arrêter de souffrir
Arrêter de se détruire
Fermer les yeux et fuir
Il est temps d'en finir

M'endormir sur ce nuage
Pour oublier mon âge
Pour tourner la page
Voir d'autres rivages
Loin de tous ces ravages
Plus besoin de bagages

Le vent nettoie ma mémoire
Et m'emporte pour ne plus voir
Ne plus supporter l'histoire
Je ne veux plus rien savoir
Dans l'ignorance se cache l'espoir
L'espoir de l'autre côté du miroir…

LES BALEINES

Dans les fonds se trouve la vérité
Au plus profond d'un passé oublié
Que plus personne ne veut écouter
Les larmes dans l'eau sont versées
Et semblent ne jamais avoir existé
Tous les cris de tous ces écorchés

Et pourtant la mer est bouleversée
Elle jette ses vagues désespérées
Sur les plages pleines de dégénérés
Qui gardent leurs yeux bien fermés
Pour ne pas voir toutes ces atrocités
Pour ne pas voir tout ce sang couler

Elle crache son écume contaminée
Sur des galets aux algues polluées
Et la mousse se retire pour pleurer
Dans le silence d'un monde étouffé
Et pourtant c'est là que tout est né
Là, que la vie nous a été soufflée

Et la nature envoie des messagers
Ils nagent et viennent se suicider
Ils savent et veulent nous sauver
Il est temps pour nous d'écouter

Les baleines sont fatiguées
Et viennent mourir à nos pieds…

Elles s'endorment pour nous réveiller…

UNE VILLE, LA NUIT

C'est rouge une ville la nuit
Sous le soleil de ses néons
Sous l'emprise de ses démons
Ça bouge au rythme de la vie

Des traces brillent sous la pluie
Des amours se font et se défont
Et les étoiles en toile de fond
Restent immobiles et s'ennuient

Les silences cachés dans les bruits
Disparaissent dans les murs du son
Le long d'un boulevard sans nom
Où il ne reste plus que des cris

Un tumulte emporté par un taxi
Dans l'anonymat d'une prison
Que parfois on appelle maison
Aux portes d'un paradis pourri

C'est rouge le sang la nuit
Sous la lumière de la passion
Sous le mensonge d'une illusion
Le rythme de ma vie s'arrête ici…

PAS LA PEINE

Pas la peine d'escalader la nuit
Pour aller te décrocher les étoiles

Pas la peine de risquer la folie
Pour te rapporter la pleine lune

Pas la peine de déplacer les montagnes
Pour te montrer la force de mon amour

Pas la peine de te donner mes larmes
Pour garder ton Cœur pour toujours

Pas la peine de traverser les océans
Pour défier les plus grandes tempêtes

Pas la peine de remonter le temps
Pour mettre des rêves dans ta tête

Non, c'est pas la peine tout ça
Toutes ces images ne suffisent pas

C'est pas la peine, parce que t'aimer
C'est simplement rester à tes côtés…

LES CERCLES

Il y a des matins différents
Où la rosée sur les fleurs
Apparaît d'une autre couleur
Où l'aube suspend le temps
La brume couvre le silence
Le vent s'arrête, se repose
Et quelque chose se pose
Les champs se balancent

Le blé dessine les secrets
Que personne ne peut lire
La perfection dans le délire
La géométrie dans les traits
Un message venu d'ailleurs
Gravé avec l'énergie du ciel
Sur le sol, à l'encre éternelle
Qui s'inscrit dans nos cœurs

Les récoltes de notre terre
Tatouées par un autre monde
Sont des routes profondes
Vers les clés des mystères
Un chemin vers la lumière
Sur le voile de nos mémoires
Sur la toile de notre histoire
Sur les étoiles de l'univers

Les lignes tracent la vérité
Sur le tableau de la nature
Sans bavures, sans ratures
Notre futur vient du passé
Les cercles nous encerclent
Se referment sur notre éveil
Nous offrent un autre soleil
Les cercles nous recyclent…

LES LIGNES DE NOS MAINS

Dans ma main, il y a une histoire
Qui s'écrit avec les rides du passé
Un chemin difficile parsemé de pavés
Une longue route pleine de couloirs

Toutes ces lignes croisent ton regard
Et tes yeux se posent alors sur une allée
Un endroit perdu au milieu de la vallée
Là où le destin se cachait pour te voir

Et tes mains changent mon histoire
Elles déplacent au hasard les pavés
Pour faire un pont vers le ciel étoilé
Vers là où il n'est jamais trop tard

Dans nos mains il y a notre histoire
Qui s'écrit avec l'encre de nos passés
Nos lignes, pour toujours se sont croisées
Pour dessiner un Cœur plein d'espoirs…

AU MILIEU DU CHEMIN

Un arbre au milieu du chemin
Immobile et patient gardien
D'une histoire sans limites
Sage et silencieux, il écoute

Il entend passer les saisons
Caresse les ailes des papillons
Le temps ne l'affecte pas
Tout passe, mais il reste là

La beauté de l'impassible
La grandeur de l'impossible
Ses branches touchent le ciel
Ses racines sont éternelles

Et pourtant, l'être humain
Qui ne comprend jamais rien
Est arrivé un jour sur ce chemin
Quelque chose dans ses mains

Et l'arbre n'est plus sur le chemin
À la place, une autoroute sans fin
Les papillons se sont perdus
L'impassible n'existe plus

Et ce sage et silencieux gardien
Assassiné par de vieux gamins
Devient un bout de parchemin
Que tu tiens entre tes mains…

LE VÉLO

Sur l'asphalte, un vélo
Au bord de la route, un corps
Au milieu des fleurs, la mort
Au loin, le bruit de l'eau

Le vent ne souffle pas
Une rivière de sang
Coule abondamment
Sous le regard des rats

Et la roue tourne
Et tourne, et tourne
Et tourne encore…

CROIRE

Voir pour croire, croire sans voir
Les yeux ne sont pas la référence
La vérité est cachée dans le noir
Le cœur peut sentir la différence

L'extérieur n'est pas important
Les images sont des mensonges
La beauté se découvre dedans
Dans le labyrinthe des songes

Découvrir paupières fermées
Ce que le regard ne perce pas
Le miroir de l'âme parsemée
N'a jamais été au bon endroit

Que l'amour soit notre guide
Que nos cœurs soient nos yeux
Que nos âmes comblent les vides
Pour que nous soyons heureux…

UN ENFANT

Un murmure dans le silence
D'une étreinte sous la lune
Bercé par le sable des dunes
Explose d'un trait la distance

Et l'envie devient la vie
Qui se pose, se repose
S'installe et se compose
Dans l'espace d'un nid

Le temps façonne un corps
Il bat au rythme d'un cœur
La sagesse efface les peurs
Qui s'accrochaient encore

La lumière au bout des larmes
Allume l'amour dans nos yeux
Éclaire la voie pour être heureux
Le miracle nous donne son âme…

PIÈGES

La lumière est plus sombre qu'il n'y paraît
Dans ces endroits qui semblent être des palais
Les portes peuvent s'y refermer à tout jamais
Pour que le silence couvre ce qui disparaît

Il ne faut pas croire tout ce que l'on voit
Les images sont de durs mensonges parfois
Les rêves et les larmes glissent entre les doigts
L'artificiel ne peut pas être un but en soi

La possession n'est qu'une pauvre illusion
Qui construit les murs d'une énorme prison
Une cellule à l'intérieur d'une belle maison
Dans cet enfer, il n'existe aucune évasion

La liberté n'est plus qu'un mot dérisoire
Un cauchemar dans une démocratie illusoire
Qui n'existe qu'au rythme que dicte le pouvoir
On ne pense plus, on obéit sans faire d'histoires

Respirer profondément est devenu un privilège
Aimer à cœur ouvert, sans limites, est un sacrilège
Le monde, autour de nous, peu à peu se désagrège
Nous sommes tous tombés dans les mêmes pièges

Peut-on fuir ce labyrinthe parsemé de tant de difficultés ?
Est-il possible de prendre encore le chemin de la vérité ?
Peut-être qu'il est trop tard pour pouvoir enfin s'envoler
Je n'en sais rien… Je n'ai pas encore trouvé la clé…

VAMPIRES

Toi qui me regardes mourir
Toi qui esquisses un sourire
Toi qui me souhaites le pire
Mon agonie pour te nourrir

Bienvenus les charognards
Les rats costumés, les cafards
Les voleurs de vie, les blafards
Les hyènes bavant sur le trottoir

Le spectacle ne fait que commencer
Ne détournez pas les yeux, approchez
Venez voir un être humain saigner
Assouvissez votre soif d'atrocités

La vérité sous le grand manteau
La bête est sacrifiée sur le réseau
La désinformation invente le fléau
Là où même le mensonge est faux

Vous qui me regardez mourir
Vous qui esquissez ce sourire
Vous êtes ce qu'il y a de pire
Vous êtes les vrais vampires…

FATIGUE

Mon cœur fatigué
Bat dans le vide
D'un certain passé
Au teint livide
Un chemin tracé
Au loin, sans guide
Regard oublié
Des yeux sans rides
Voir et observer
Ce monde avide
De sang renversé
Mon cœur décide

De laisser aller
De laisser couler
De laisser glisser
De laisser passer

Mon cœur épuisé
Ne bat plus du tout
Le temps est passé
Lui tordre le cou
Et tout emporter
La vie est à bout
La route effacée
Dans un profond trou
Jamais réparée
Plus rien n'est debout
Mon cœur inventé
A perdu le goût

Je me laisse aller
Je me laisse couler
Je me laisse glisser
Je me laisse passer…

TOUT ÇA

Un jour tout ça disparaîtra
Puisque « tout ça » n'existe pas
Les rêves dans nos têtes inventés
Ne seront plus que de la fumée
Des nuages immobiles, éparpillés
Des souvenirs dessinés, disséminés
Des épaves dérivées vers un endroit
Où même le silence s'écoutera tout bas

Un jour tout ça ne sera plus là
Puisque « tout ça » n'existe pas
Les existences fragiles enfermées
N'imagineront plus jamais la liberté
Et les dieux odieux iront souffler
Pour tout cacher, pour tout éloigner
Tout emballer dans des mensonges froids
Où même la vie n'aura plus de droits…

Alors maintenant, il faut arrêter tout ça
Nous sommes plus que toutes ces lois
Les chaînes des images, il faut les briser
Les cocons matériels, les dématérialiser
Les yeux enfin ouverts, il faut se lever
Rien ne peut être plus fort que la vérité
La terre est notre toit, la nature notre foi
Alors rien ne disparaîtra, alors « tout » existera…

BALLE PERDUE

Une balle perdue a trouvé son chemin
Elle s'est logée dans le cœur d'un gamin
Une course éperdue vers un dieu assassin
S'est arrêtée dans le silence d'un matin

Toutes ces larmes n'y changent rien
Tous ces beaux discours sont si loin
Une mère brisée lui tient juste la main
En le serrant très fort contre son sein

Un petit trou sur le mur d'un voisin
De l'eau dans les yeux d'un copain
Une tache de sang sur un quotidien
Triste mémoire d'un cadavre enfantin

Une sirène chante et l'ambulance vient
Elle ramasse au plus vite le petit pantin
Sous le regard brisé de quelques anciens
Qui acceptent résignés la punition du destin

De toute façon plus personne n'en parlera demain
Une autre balle perdue aura trouvé son chemin…

PLUS LOIN

Plus loin que le temps, que l'absence
Dans la renaissance d'une existence
Dans l'impénétrable monde du silence
Là où l'univers immense commence

Plus loin que n'importe quel passé
Dans l'oubli des chemins empruntés
Dans les mystères de l'obscurité
Là où personne ne peut être effacé

Plus loin que la nuit, que la vérité
Dans les histoires, les contes de fées
Dans l'espace d'une simple vie rêvée
Là où les dieux écrivent les destinées

Plus loin que ce que tu peux imaginer
Dans les couleurs d'une idée enchantée
Dans l'envie de partager une éternité
Là où la terre peut s'arrêter de tourner

Plus loin que le parfum d'une fleur qui danse
Dans le conseil d'un homme sage qui pense
Dans l'amour qui élimine toutes les distances
Là où les cœurs se fondent dans l'innocence

Plus loin que les limites de tout ça
Dans un endroit où il n'y a pas de lois
Dans un endroit où la mort n'existe pas
Là où je t'attends, viens, ne traîne pas...

L'OISEAU FLEUR

Une petite fleur s'est posée sur un oiseau
Quelques plumes sont tombées dans l'eau
Elles glissent vers un horizon de voyages
Et les pétales s'envolent dans les nuages

L'oiseau a chanté pour appeler les abeilles
Elles viennent butiner dans son sommeil
Leurs ailes caressent le réveil du soleil
Et la rosée s'endort dans une bouteille

Doucement le verre redevient sable chaud
Dans un désert de dunes étrangement beau
Quelques plumes s'installent sur ses rivages
Et regardent s'épanouir une rose sauvage

Le vent soulève la mémoire de la douceur
Quelques plumes s'envolent dans son cœur
Le ciel s'ouvre et cueille ce nouveau bonheur
Et la nature invente en silence un oiseau fleur…

L'OISEAU

Regardez comme il est beau cet oiseau
Il est libre, il s'envole très haut, si haut

Regardez comme il peut planer dans les airs
Il ne connaît pas le mensonge, ni la guerre

Regardez comme il semble être heureux
Il peut traverser comme il veut ce ciel bleu

Regardez comme il danse avec les nuages
Il ne peut pas sentir venir cet étrange orage

Regardez cet homme là-bas, ce n'est pas un oiseau
Il ne peut que marcher, il regarde là-haut, si haut

Regardez, regardez la bêtise, la jalousie, la haine
Le pouvoir de destruction de l'espèce humaine

Écoutez le coup de feu qui déclenche la tempête
L'oiseau est touché, en plein vol, en pleine tête

Regardez-le tomber, regardez-le crever
Regardez bien pour ne jamais oublier

Qu'il était beau, qu'il était la liberté
Et qu'il voulait tout simplement voler…

ET PUIS LA VIE

C'est beau l'innocence d'un être à sa naissance
On voudrait la garder tout au long de notre existence

Et puis la vie…

C'est beau, c'est fort le sourire d'un enfant
On se dit qu'il sera plus fort que le temps

Et puis la vie…

C'est beau l'amour quand il est partagé
On pense toujours qu'il va durer une éternité

Et puis la vie…

C'est beau l'âge de la tranquillité
On croit qu'on va enfin se reposer

Et puis la mort…

Imprimé en France
ISBN 978-2-35508-292-4
Dépôt légal : 4e trimestre 2009